# APELE À PELE

pati nakamura

URUTAU
2024

O —

**editora Urutau**

rua dr. manuel pacheco nobre, 109, 4 esquerdo
2830-080
barreiro (setúbal)
portugal

---

rua do cajú, 478
jardim das cerejeiras, 06724-015
cotia-sp
brasil

---

[+351] 928053619 [portugal]
[+55] 11 9 4859 2 426 [brasil]

www.editoraurutau.com
original@editoraurutau.com

---

[EDIÇÃO]
debora ribeiro rendelli
tiago fabris rendelli
wladimir vaz mourão
[REVISÃO]
victor negri
[IMPRESSÃO]
iverso
[FOTOGRAFIA DA AUTORA]
cedida por margarita urzúa
[ISBN]
978-65-5900-777-6

**sumário**

## KOMOREBI

## UMAMI

## prefácio

“O sol só vem depois. É o astro-rei, ok, mas vem depois”.

Quando pensei neste prefácio, por algum motivo, esse trecho do Emicida não saía da minha mente. Uma das possibilidades é porque, no fazer artístico de Pati Naka, como prefere ser chamada, as palavras só vieram depois. No caso dela, no início não era o verbo. No início era o silêncio.

Este *Apele à pele* não é só o reflexo de uma mulher descobrindo a sua voz e as suas potências por meio das palavras, mas como o próprio título sugere, é um pedido, uma saída.

Quem se pode ser quando tudo o que você construiu deixa de existir? Quais as vivências de uma imigrante nipo-brasileira numa Europa pós-pandemia? Como abrir caminho no seu corpo para outros corpos?

Dividido em três capítulos, este livro é, ao mesmo tempo, um mergulho no mais íntimo de alguém e um convite à partilha. Em *Kintsugi* sentimos a dor de uma pessoa fragmentada tentando se refazer; em *Komorebi* somos chamados a enxergar a beleza nas frestas da existência; e em *Umami* nos deliciamos com os prazeres de uma mulher em processo de libertação.

Se há uma resposta, Pati nos diz que está em sentir profundamente. Até que o corpo reaja a esse sentir.

**Ane Martins**

**este livro contém:**

o desafio de transpor para o mundo físico textos escritos diretamente no instagram, tendo como fundo fotografias ou vídeos, em 'TRS' — tempo real de sentimento;

reflexões e devaneios expressados ao longo de 2 anos após uma separação, e hoje aos quase 7 anos de imigração;

a linha tênue entre realidade x ficção; acreditar na força da partilha x ponderar a ultraexposição;

um sem-fim de vulnerabilidade, o medo da ação do tempo.

pra quem não aprecia mordidas e rimas: parcimônia.

pra quem aprecia: estímulo.

pra quem acredita: poesia é cura.

pra quem caminha, trupica, mas continua a crer na beleza: bem-vindo.

*Às nossas coragens, nossos colos e nossos saltos. Aos nossos cantos, alimentos, choros e desejos; ao entusiasmo; à resistência.*

## KINTSUGI

*realçar cicatrizes é olhá-las com coragem*

## morada

casa é teto memória é lar
quando uma casa passa a ser apenas teto,
quando apenas memórias fazem sentir um lar

leve, levo
cenários,
conquistas,
acessórios,
objetos

pra uma casa que é também lugar
centro de acolhimento
pequeno imenso coletivo particular

antes, muda.
agora, a mudar;

mudas de roupa, de plantas, de rotina, de olhar
sensação de sorriso

desencaixe pra encaixar

novos musgos, novos barulhos
novos olhares e espaços pra navegar

e é tão bom ter a beleza
das presenças que são flores
mesmo num jardim por capinar
presentes que podam o sofrer;
adubam o sorrir.

verdadeiros sistemas contemporâneos de irrigação
prum solo aparentemente árido,
mas extremamente fértil
— como o do Sertão.

## eu finjo ter paciência

hoje tava pensando
na merda que é se separar quando se é imigrante.
o tanto de "você é guerreira", "você consegue",
"você tem sorte" que eu ouvi das pessoas
e até hoje ainda ouço.

no fundo, só quem passou ou tá passando por isso
tem alguma ideia do que realmente se passa aqui dentro.

quando você se entrega numa relação;
quando há razões conjuntas que levaram a imigrar;
quando num país como Portugal a tal estabilidade
que parece existir claramente depende da renda de dois
e os planos são baseados nessa conta;
quando emocionalmente você tem o costume
de ter aquele apoio
de quem te conhece há tempos,
atravessou o oceano junto
e com quem por anos pôde contar;

—

quando isso some
quando isso te trai
quando isso por algum motivo
se transforma em nada disso
quando o que um dia foi lar se torna vazio
numa grande pressa disfarçada de um plano razoável
a dor da violência do fim a fórceps — em outro país

você saberia o que te seguraria?
você saberia o que te manteria em pé?
você tem ideia de como reorganizaria esses tantos
"quandos", sem deixar a máquina parar,
sem deixar de funcionar

porque as contas, a vida, a sua decisão de ir
ou ficar e inclusive a cobrança dos amigos
pra você "estar bem": elas vêm
por mais que cultivasse teus próprios círculos,
soubesse exatamente por que estava
onde estava, e mantivesse em sua vida
teus próprios interesses
—

o nível do desespero
a solidão nas decisões
a sensação de afogamento
o surto, a cegueira
a perda do suposto sentido de localização,
como se tivesse que seguir, sem o mapa habitual,
num terremoto que dura longos meses
debaixo dos teus pés
você saberia o que te seguraria?
por quanto tempo isso te seguraria?
o quanto você teria que se dedicar a isso,
pra isso te segurar?

se você não passou por isso estando num país
que não o teu, provavelmente você não saberia
e eu lamento informar,
mas talvez nem quem passou por isso saiba.
—
praticar cultivar a beleza
praticar enxergá-la, apontá-la e partilhá-la

é das coisas que ajudam a me segurar
das coisas que fazem parte do reconectar.

## a mente não mente

raramente sonho.
essa noite, sonhei que estava chorando.
então acordei, e estava mesmo chorando.

em meio ao sono, ao sonho e ao choro,
me dei conta de que há uma tristeza latente aqui.
enxuguei as lágrimas. voltei a dormir.

acordei pensando
no quanto algo precisa estar machucando
a ponto de fazer uma pessoa que chora no sonho
chorar também acordada. e vice-versa.

o coração é um ditador.
não respeita nem o verão de lindos dias ensolarados
com noites quentes ao lado de pessoas queridas.

antes, rios de ocitocina.
agora, por favor, um mar de endorfina.

## nunca seria

e, de repente, o reconhecimento.
de que estar junto parecia bom,
mas ao mesmo tempo doía. feria.

quanto mais eu tentava me explicar
mais você crescia.
quanto mais eu achava que tinha que me ajustar,
mais me diminuía.

eu queria te contar — sentia-se criticado
eu queria me mostrar — sentia-se invadido
eu queria te ver — sentia-se pressionado
por que tão difícil se deixar ser amado?

sentia falta de afeto. de alegria.
esvaziava meu peito, e não enchia.
e quanto mais eu o abria, mais queimava ao respirar.

e de repente: silêncio.
distância medida em lamentos e lágrimas
sentimentos dessignificados
tempestade de verdades, palavras cansadas.

o que há por trás de tantos controles?
o que há por trás de tantos dilemas?
de que adianta ter potencial, se é pesado,
não (co)respondido, não partilhado?

e, nada de repente: nostalgia.
o corpo sente, a pupila
a memória que está em cada célula
saudade do que poderia ter sido um dia.
inspirar. expirar.

**me dê flores em vida**

me dê flores em vida
mas em caso de morte espalhe meus poemas

— escritos em origamis
presos a grades e árvores pra encantarem outro caminhar

— registrados em pétalas
jogadas pelas janelas ao vento, pra voar; ou ao mar,
pra mergulhar

me dê flores em vida
mas siga dando vida às minhas flores
quando a hora de encontrar meus ancestrais chegar.

## distância é uma escolha

em meio a uma imensidão de sentimentos
sinto-me desolada, cansada, inadequada.
invisível, faminta, desencantada.
presa num ciclo como a areia úmida da praia,
que é pisada, marcada e afundada
mas logo levada por uma onda e, nivelada,
parece que nada aconteceu.

ontem, me feri enquanto surfava.
o rio que irrompeu dos olhos não veio só;
ânsias azedas ao longo do dia me obrigavam a correr,
a sair de cena de repente, e me isolar,
enquanto esperava passar,
enquanto esperava a próxima onda chegar.

e nisso, eu sou a areia, o sol e o mar
esses, cuja existência conjunta propicia tantos pisões,
mas pode inspirar a apreciar o pôr do sol

a brisa leve parece ter cessado.
o tato parece ter se perdido com o vento.
a incompreensão é forte como uma nortada.
o cintilar da água torna-se turvo.
os pequenos grãos machucam os pés.
o azul do céu parece esmorecer.
o som das gaivotas, de canção, passa a ensurdecer.

o horizonte, em vez de orientar, parece existir pra frisar
essa distância parece não ser medida em milhas
e o que eu mais queria era um gps
que ajudasse a reaproximar.

## visão

a visão turva:
quando o normal se torna esquisito,
tomar tempo pra ajustar o foco e reduzir o zumbido
—
a visão de si:
pluralidade, camadas, reconhecimento
a fresta pra fora é a mesma que pra dentro
—
a visão ampla:
olhar o entorno, imergir,
deixar surpreender, encontrar,
voltar à superfície pra respirar e deixar-se tocar

## relicário

as flores no caminho escancaram
que todas as fases têm sua beleza —
é saber enxergar, e celebrar pra resistir:
no fundo, somos todos relicário ao deixar ir.

nesse exato instante estamos transformando algo
em memória, aprendizado ou saudade;

a existência faz mais sentido quando partilhada
com vontade, verdade e liberdade.

## pandora

guardado numa caixinha
no canto do peito e da mente
fechada sem dificuldade aparente
até uma brisa passava ali.

e lógico que, de repente
num golpe do subconsciente
— que se achava muito seguro de si —
a caixa havia de implodir.

como se não bastasse
— porque loucura pouca é bobagem —
sinto um vento frio vindo do norte
cortante e aliciante: uma mensagem.

tremores, pensamento desalinhado
and out of thin air
lágrimas e coração acelerado.

quanto poder damos a quem nos fez mal mesmo sem
saber?
quanto poder damos a quem nos mostramos expondo
nosso mais íntimo ser?

ingênuo achar não existir, por não sentir.
e longe de onde os olhos possam alcançar
melhor seja mesmo trancar a caixa a cadeado
e congelada, muitas léguas ao mar.

## imigr/ação

as conversas sobre imigração, distância e saudades que
tive esses últimos dias — para além do tema nunca estar
ausente — tão fazendo o coração doer muito hoje.
a cabeça pira nos porquês
o coração pira nas saudades

e nessa troca de vivências com esse tema
em comum, penso:
como a conexão pela dor e pela delícia de ser imigrante
nos apresenta um grupo do qual sempre faremos parte;

o que faz nossa rede são as partilhas;
são elas que abrem as portas da identificação,
da troca, do entendimento e do aprendizado.

imigrar é algo ligado diretamente à liberdade;
mas essa liberdade vem presa a condições pra ser feliz
e estar onde se está;

imigrar é ter a contraditória certeza
de que o mundo é minúsculo e imenso ao mesmo tempo;
é se reinventar e saber que possivelmente
seremos pessoas diferentes em cada contexto;

imigrar nos força a olhar pra dentro:
nunca ouvi dizer que isso é fácil,
em nenhum lugar ou momento.

que consigamos ter claros os motivos,
mas que tenhamos força e amigos
pra quando precisarmos de ajuda pra sorrir;
que a ternura nos proteja da dureza dos outros,
e, igualmente, da nossa própria dureza;
que saibamos quando nos fechar, e quando nos abrir;
e assim como no amor, que o temor da queda não seja maior
do que a vontade de voar.

porque imigrar é a prática racional do amar a si,
ao outro, o antigo e o novo.

## desprevenida

sou do tipo que evita guarda-chuvas
atrapalha a visão, pesa na mão

mas se é pra ter, que seja um transparente
que em meio ao cinza, deixa alguma luz atravessar

gosto de sentir a umidade tocar de leve a pele
os pelos a arrepiar
cabelos a desgrenhar
gotas escorrendo pelo rosto, devagar

hoje o dia tava nublado não fazia frio,
mas havia essa garoa fina, leve e persistente
do tipo que beija o corpo sem marcar

no meio do caminho, olhos fechados a sentir
chega mansa e arrebata de repente

os olhos marejam e o peito encolhe
saudade é assim: nem molha, nem deixa secar.

## atóis são feitos de areia

hoje o céu do Porto chora comigo
e com tantas outras cujo castelo
um dia ruiu
por uma pilastra que parecia fundação
mas era areia.

que venham as gotas pesadas da chuva
que arremessadas pontiagudas
ferem a pele sem que a vejamos cessar.

mas como diz a Semiótica
chuva é purificação
momento de virada, uma nova página.

seguida dos raios de sol e pelo arco-íris
aprendemos que areia de ruína
abençoada pelo sal e a simbiose dos corais
se recompõe em atóis, verdadeiras fortalezas.

## **insípido, incolor, indolor**

tem dias que enxergo o entorno assim:
eu sei que as coisas brilham, se movem,
que a vida segue
mas não consigo ver cor
pouco importa se o céu tá azul
se os sons são aprazíveis
que cheiro a comida tem

tem dias que essa sensação se instaura sem aviso
e me faz ter medo de tudo
do passado, do presente e do futuro

tem dias que parece não haver luz alguma
no meu âmago, e é muito difícil responder
às solicitações do mundo: autoconfiança,
sociabilidade e compaixão

e nos altos e baixos de humor,
nesse ciclo de vislumbrar perspectivas ou me ver com

a total falta delas: me sinto esvair, encolher

a solidão desses momentos é aterrorizante,
porque ao mesmo tempo em que não quero ter contato
com ninguém, queria muito só um colo pra chorar

quando assim, tento buscar em algum lugar aqui dentro
qualquer resquício de coragem, pois apesar da cabeça,
do corpo e dos olhos doerem, sei que isso há de passar

durante a turbulência, um manancial de frustrações
nada parece fazer sentido;
uma inexplicável tristeza sem fim

tento acessar aquela eu que aconselha os outros, que
busca terapia, que é razoável, otimista e realista
— e encaro gatilhos e tabus pra acolher a mim.

## retirar-se — retirar-me

ultimamente,
meu verbo mais frequente
minha ação mais permanente

quem se questiona não cai; caos

há perguntas pras quais não há
respostas muito convincentes e levam a decisões
ou apropriações inquietantes

saber o que traz beleza
o que faz sorrir, o que nutre

estudar o auto-acolher nos tempos de cor
ameniza a dor quando ela insiste em ficar mais tempo
e ancora aqueles 2% que urgem, aos sussurros:
as coisas hão de ficar bem

parece que a inconstância ajuda a encontrar o equilíbrio
e os planaltos forçam a explorar melhor os caminhos

sol em excesso queima e cega
somos feitos de todas as estações.

## beleza sem tamanho

e mesmo em dias nublados, úmidos,
com rajadas de vento frio,
que continue a florescer à beira do meu caminho.

mesmo que sejam flores de dores, pequenas,
com pouco perfume e pouca cor.
aparentemente arbustos, ou rasteiras,
quase flores de pouco amor.

porque o que representam é muito maior que isso.
porque há nuances que pedem delicadeza no olhar.
porque o som que emitem e a dança que fazem quando
sob o sol, ou sob as gotas da chuva,
são uma festa que pede sensibilidade pra se notar:

eis a beleza da resistência.

## flor de cacto

a saudade é o vento quente
soprando no semi-árido do meu peito
esse deserto cheio de dunas;
e sentimentos que já irrigaram plantações inteiras,
hoje lembram as embarcações de Skeleton Coast.

a saudade é o vento frio que vem do norte.
tem olhos coloridos,
a teimosia e o cheiro bom
de quem nasce regido por vênus.

e eu sou essa flor de cacto.
resistindo às intempéries de seca,
chuva, sentindo os ventos, brotando à força
florindo de onde um dia houve espinhos
— esses que assustam e afastam,
mas fazem parte de mim e me protegem pelo caminho.

## ibuprofeno

hoje sonhei com você. fazia tempo que isso não acontecia.

não foi durante o sono da noite, mas num cochilo matinal.
numa pausa forçada que precisei dar, devido a uma dor
que nada tem a ver contigo. foi, portanto, rápido.
posição incômoda, com os pés frios e o quarto invadido
pela luz do dia.

no sonho, eu vi claramente teu rosto, num semblante
tranquilo. você me olhou e me estendeu a mão.
a gente se abraçou em silêncio por instantes
que desejávamos não acabar.
sentia o teu peito no meu rosto
e teu cheiro bom. e ouvia teu batimento,
fazendo música junto do meu.
tuas mãos acariciavam meu cabelo e minhas costas.
meus braços te envolviam devagar.

falamos algo que não me lembro, mas sorríamos.
houve uma piada qualquer sobre um distanciamento
que nos separou por uns tempos atrás.
uma hora estávamos com os pés na areia.
em outra, estávamos a dançar.
caminhamos juntos por um tempo algures.
mas sabíamos que a qualquer momento eu ia despertar.

lá fora faz frio, e ao acordar, a tal dor reduziu,
mas ainda grita. vou atrás dos remédios
que me indicaram pra essa dor física. pensando:
como é que o homem vai à lua, combate pandemias e cria
bombas atômicas, mas cura pra dor de amor, não há?

esse sentimento incontrolável, que move montanhas
e nos tira o juízo? cadê cirurgia pra remover essa aflição?

podia ser também um medicamento, como o ibuprofeno;
um anti-inflamatório pro aperto no peito, na garganta,
nos olhos, no corpo inteiro. um não-esteroide regulador
para românticos, caso o que sintam não passe disso:
fruto da própria imaginação.

## apesar de toda a dor

apesar de toda a dor agradeço a você
por ter sido inspiração pra muito
do que hoje escrevo
em parte baseado no que vivi
em parte baseado no que senti
ao fim você diz que não sentiu
em parte tenho provas de que ao dizer isso, mentiu

mas o que importa
pra além dos teus olhos cor de mar
é o que registro; isso sim, fica

e alivia, suaviza as rugas de expressão
faz esquecer as rusgas e a depressão
e alimenta esse ciclo de enganar
ou surpreender os desavisados

esse estado etéreo de viver
que usa lentes coloridas como um travesseiro quente

que faz sentir capaz de enfrentar qualquer coisa
que não abranda a paixão que sente

e com a força das palavras
as que me feriram e as que profiro magia,
seguimos

desenhando novos olhares
despertando novos desejos
escrevendo outras poesias.

**KOMOREBI**

*quando a luz do sol*
*atravessa a folhagem das árvores*

## flagrante

caminhos
trajetos
a meia-luz das incertezas pode ser meio clara
e pode também ser meio escura

num peito cansado depois de afetos com desafetos
a mente esgotada na busca do que permitisse meu
permanecer
depois de um tempo recolhida, na minha própria acolhida
parece que finalmente surge a vontade de reescrever

sobre a minha pessoa, minhas querências,
meus desejos e amores
sobre sonhos e planos
sobre o que não vou mais permitir acontecer
sobre o que aprendi sobre meu ser
sobre como quero continuar, como quero enxergar,
como quero fazer

caminhos
trajetos
reflexão

e tão não-linear quanto meu pensamento sempre foi
tem sido também ultimamente minha vida
que embora tenha sim seu lado interessante,
vinha sendo também muito cansativa

e sob o azul-celeste de lua nova
— em mês de junho
e sob essa luz meio sépia
— de ensaio boudoir

me flagro finalmente, novamente, curiosa
pelas possibilidades que ainda não foram vistas,
exploradas, faladas, nem sentidas

caminhos
trajetos
reflexão
vislumbrar

## ondas no céu

ondas no céu
ao som das ondas do mar

espumas flutuantes

azul na cor da areia
areia na cor do céu

venta meio frio fora
e no vazio aqui dentro

olhar com calma
sentir com cuidado
ver com sorriso

tantas camadas
tanta fome
tanta cor

## e não é mau

e não é mau
trocar o dia pela noite
o calor do sol pela luz da lua
as vozes pelo som do mar

e aos meus pés o espelho d'agua reflete
essa transição de cores que me derrete

## precioso

repousar
despertar
proteger o que é precioso
recuperar devagar

## reignite

after a while more than enough — under wild waters
after a while more than enough — unconscious
after a while more than enough — leaving selflove scared

breathe
reconnect
reignite my own flame again.

## feitiçaria

consagração
feitiçaria
sororidade
celebração

ser capaz de ver o copo meio cheio
reconhecer e tatear o vazio
multiplicar o poder do abraço.

praticar o sentir
pelo olhar, pelo ouvir,
pelo acolher, pelo enxergar.

lembrar que todos temos o poder de sermos,
uns pros outros, lar.

## as pessoas são tão bonitas

as pessoas são tão bonitas.
o modo de olhar. a forma de se mover. o caminhar
as mãos suaves que tocam as coisas com cuidado
o abraço que sai sem pensar

sorrisos. ai meu deus, sorrisos.

a pessoa que dança consigo mesma
aquela que ouve música e poesia de olhos fechados
sente o vento e os cheiros com o corpo inteiro
o jeito de ajustar o cavalete
a forma de se despedir e de se despir

o semblante logo após meditar
como ajeita a comida no prato
como chega nos lugares
como escolhe um presente

o banho. o alô, o olá

o que o coração sente ao se deparar com um bichinho
o que o coração sente ao se deparar com arte
pelo caminho
o que o corpo expressa ao chatear-se
e o que ele expressa ao perceber que vai passar

letras. as letras! coisas escritas à mão,
como faz falta ver lápis e caneta entoando curvas
em sua própria canção

pessoas comprando flores
pessoas cultivando hortas
a calma com que se ajeita ao entrar no carro
o modo de cortar um bolo
o balé dos dedos ao amarrar o cadarço
como chama alguém pra deitar no colo
como se deita no colo de alguém.

a forma como conta uma história
como ajeita os livros
como maneja um instrumento musical

quem cantarola na cozinha
quem oferece mimos pra vizinha

quando abaixa a música pra não atrapalhar
quando se olha no espelho devagar
quem enxerga nas outras pessoas, pessoas
quem valoriza a liberdade
quem gosta de cozinhar

pessoas sinestésicas
pessoas com memória fotográfica
transitar entre o que é fino e popular
pessoas admirando a lua.
contar aquela fofoca boa
aquele momento em que a sobremesa chega
o momento de embarcar e chegar num novo lugar.

## (gratidão pelas conexões)

chove lá fora,
os dias são cinzas e faz frio

mas aqui dentro,
seja sozinha
seja com as melhores companhias,
sempre há espaço pro riso
sempre criamos calor

mesmo com a agenda apertada,
quando se quer,
há sempre tempo pro amor.

## fractais

sentir o gosto amargo
fechar os olhos e enxergar um céu limpo e estrelado.
abrir os olhos e ver o entorno em fractais.

sair pra tomar ar
e presenciar uma estrela cadente na linda noite fria:
em meio à floresta,
a. família. estava. presente.

não conseguir se livrar de algo até olhar de frente pra ele,
tentando compreender do que se trata,
como se trata,
o que diz.

enxergar algumas das suas multiversas camadas e
sentir aquilo tão forte e — desafia-dor-a-mente —
até compreender alguma coisa nova sobre ele,
e parar de se debater.

sentir a tão aclamada força
do batuque
do tambor
capaz de nos resgatar do fundo ardido do inconsciente,
acalmar o peito escancarado
e fazer ver a lua brilhante que surgiu nesse entretanto,
emanando energia.

ser guiada até as chamas da fogueira
e mesmo com a respiração (até agora) ofegante,
ser capaz de verbalizar e encontrar coragem
pra partilhar o mínimo digerido
de toda a luz e toda a escuridão ali vividos,
tão meus quanto todos os passos do meu caminhar.

## medo não, sim amor

às vezes me sinto pequena
às vezes sinto frio
às vezes sinto medo
— mas só às vezes.

costumo é ter fome
alimentar,
ouvir,
falar.

dar abraços de urso
distribuir calor,
dançar.

na força do que construímos
que seja sempre assim
que quando medo não medo,
tenhamos amor sim amor.

## saudades dos meus

que saudades dos meus
que saudades imensas dos meus

a comunicação pelo olhar que só minha mana tem
o zelo e a preocupação tão fortes do meu mano
o colo e o cafuné que só minha mãe sabe dar
as surpresas e histórias que só meu pai sabe contar

3 nacionalidades espalhadas por 4 países
oceanos de distância
ondas de lágrimas cheias de ternura
— aqui dentro do peito, mar

minha mãe à beira da janela vendo o movimento
meu pai preparando a carne do churrasco
os dois cochilando um colado ao outro
após o almoço familiar

minha mana, tão doce e sensível,
me ensina sobre honestidade e coração ferido
meu mano, bravamente na labuta pesada,
me ensina sobre resiliência, gratidão e objetivos

escrever isso é dor e amor
porque se perto, diria, não escreveria
se perto, coração ficaria apertado sem saber se voltaria
— aqui dentro da memória, lar.

## só tem saudade quem está vivo

saudade tem calor
cheiro, cor, voz, vista

saudade é a ausência da presença
é a presença da memória

vívida vida vivida

só tem saudade quem está vivo
saudade é também esperança.

## exercício

o exercício constante de respirar
pra entender novos meios de me habitar por inteira
todo dia é dia de mudar
—
raízes são mapas em comum;
ancestralidade é força e conexão
para além de tudo o que todos veem
iguais se veem com lentes especiais
—
a presença precisa da ausência,
mas a presença é insubstituível:
reencontro é poesia musicada no coração.

## viver

viver
é tentar ser e criar mais daquilo que queremos ver;
partilhar as horas, as coisas bonitas,
as memórias, os planos e as feridas

viver
é abraçar o momento que se abre,
na oportunidade de tornar o presente
num presente afetivo

e que entre trocas profundas
haja sorrisos e boas histórias pra contar
entre as idas e vindas que a vida tem,
viver é aprender a estar.

## kintsugi

sorte é ter na vida
quem ajuda a sarar um coração partido

pronto pra ser colocado à prova
again and again and again

e como no kintsugi,
onde um dia houve ferida,
hoje há o que mais brilha

porque tudo o que é exposto, dilacerado
torna-se das partes mais auto-conhecidas

e qual a melhor forma de confiar
que um coração volte a bater
do que quando reconhecemos que, antes,
é preciso cuidar de tudo o que coabita
a própria caixa torácica
pra que isso possa acontecer.

## ser o mar

preciso muito de ti
mas preciso muito de mim

preciso aprender a reservar um tempo
pra respirar com calma
um tempo sem relógio
pra ouvir meu próprio batimento cardíaco

vejo a vida e os desejos
correndo como grãos de areia numa nortada

mas, com a própria vida me obrigando a pausar,
percebo que não quero ser a duna ou o ar onde as
partículas se encontram

— EU QUERO SER O MAR —

pra observar o que dança e me sobrevoa,
o que paira no entorno e acolher
os que decidem pousar sobre mim.

porque nem a mais alta onda será capaz de tocar a todos
os grãos e, como mar, há frio, calor, calmaria, barulho,
muita vida acontecendo inclusive em silêncio,
no escuro.

— é no mar que pousam meteoros misteriosos —

ser mar é ser espelho d’agua, ter a companhia da brisa
e a onipresença do horizonte,
com vista privilegiada do nascer e pôr do sol,
onde quer que se vá.

## odes a nós mesmas

*façamos mais odes a nós mesmas, minhas amigas.*

uma mulher que não quer guerra com ninguém:
que tem uma cãzinha pra chamar de sua
que tem amigxs incríveis
que se diverte sozinha tanto quanto acompanhada
que se orgulha de conquistas e forças
que não esconde fracassos e fraquezas
que aprecia o caminho
que dança desafinando e canta coreografando
que é sem vergonha
que se sente bem fazendo tudos ou nadas
que tira onda, ri de si mesma (e dos outros, claro)
que come com gosto
que faz drinks, que faz churrasco, que faz doces
and faz temaki hahahah
que topa um sem fim de rolês
que embarca numa gama considerável de assuntos

que hoje se apresenta como artista e poeta
que se sente confortável na própria pele,
com a própria história
que não acha que precisa de "aquele alguém" pra nada
que chora e gargalha quando bem apetece
que não tem medo de ser afetuosa e abraça com vontade
que sabe o que é amor, o que é prazer
e o que não quer pra si
que sabe das inteligências que tem
que sabe fazer massagem (ui)
que gosta de aprender e gosta de ensinar
que assume suas lutas, seus valores e se posiciona
que tenta ajudar e também pede ajuda
que é tagarela, mas ama a beleza do silêncio sem
desconforto
que não tá à espera de ninguém impressionar,
mas obviamente nota e gosta quando acontece :)

## abrir nosso mundo

"abrir"
verbo transitivo: dar início, tornar fundo
verbo intransitivo: deixar entrar, desanuviar
verbo pronominal: revelar os sentimentos

um verbo assim tão simples
de significados tão complexos

o mundo,
tão mais acostumado ao "fechar",
é duro demais com o "abrir";

confundiu com a perda da subjetividade
implicitou o medo
perdeu o gingado, a flexibilidade

proponho então rasgar de vez e usar "escancarar"
a porta, a mente, o coração
uma questão de princípio

tornar opaca a sombra da suposição
dar corpo, cheiro e voz à emoção

"es-can-ca-rar"
verbo puramente transitivo: — abrir inteiramente —
sem dúvidas, às claras, de modo pleno,
intensamente.

## petit arsenal

"toda alegria pode gerar alegria"

*mon petit arsenal aujourd'hui*
tomate cereja de quintal
flores da estação, maracujá do vizinho
beijos e abraços
massagem, falar de arte
brigadeiro, bala, sorvete
olhares de apoio, dancinhas
piadas, pequenas cantorias

comidinhas, rituais
elogios sinceros
dentro: refletir sobre as próprias dores
fora: partilhar sobre projetos

lições do não-partilhar
a leveza do não ouvir

a presença precisa da ausência
autopreservação inclui negar

áudios de longa duração
cafuné pra alma, colo pro coração
lágrimas
aplaudir
caminhar

## novas cheias

sou grata por toda a crença em mim
por toda luz e l'anima próprias que partilham
por semearem aqui dentro um amor tão incrível
tão transparente, espontâneo e verdadeiro

a lua muda de fase hoje. hoje ela já é cheia
minha fase preferida me lembra da força da atração
de como mesmo no ser mais cíclico e mutável,
é presente e perene o magnetismo e a energia
e como há coisas que simplesmente são.

há novas cheias no céu
e em todas as células
que nasceram aqui
desde que voltei a respirar novamente

obrigada por dividirem comigo a sua potência
e assim me ajudarem a resgatar a minha.

## enxergar

peço proteção e bênção pelas coisas que,
só quando consigo sentir,
é que passo a ser capaz de enxergar.

**UMAMI**

*sabor difícil de ser descrito:*
*há que provar para entender*

## praia da madalena

ontem tentei gravar no peito
o cenário da praia com a lua a pino no céu escuro,
iluminando de prateado as ondas
que pareciam ter saído de uma foto em preto e branco
de Sebastião Salgado.

deitada, ouvia as ondas fortes,
era beijada pela maresia
e respirava a disposição perfeita das estrelas:
fazia tempo que não as enxergava tão bem.

enquanto grãos de areia colavam na coberta e no cabelo,
enquanto percebia a pupila atenta ao meu movimento,
enquanto relembrava que penumbras
permitem uma visão potencializada
pelo tato, audição, paladar e pelo cheiro;

tive a certeza que o inesperado pode ser muito bom
quando se está atente ao que o corpo sente.

e ela,
a lua,
que começou no topo do céu sem nuvens,
foi pela última vez vista
a se esconder dourada atrás do mar.

## from stitch to fire

overcoming a broken heart is tough
gotta work towards forgetting that pain
gotta get mind and body tired enough

so, today
when wildfires happen within me
I know there's no such power other than my own
I don't try to control
I put it all out
I let it freely blow

flames dancing
bodies craving
we put some music on
we take all those clothes off
pull my hair
handle with care
touches all over everywhere

give me head while kissing my thighs
we draw pleasure with our fingers
we sing magic with our lips
we deserve to moan and scream
we can make it a daydream

play fair, play big
bring in some more fuel
we feed ourselves with sweaty smiles
we feel thirsty in the meanwhiles
until we're so fullfilled with pleasure
until our legs can no longer move

## literatura

leia-me com teus dedos
teus olhos e tua língua

do slogan às letras miúdas
da posologia à composição
da apresentação à contra-indicação
do prefácio à dedicatória
do índice a toda a história

e quando te vejo a ajeitar os óculos
ou a lamber a ponta do teu indicador,
lá vem:
página a página;
furor.

inebriada e folheada,
por umas horas só consigo pensar
em jogos tolos de palavras:
a-proxim-ação

est-imulation
in-timida-de
The Artist is Present
ceci n’est pas une... petite mort.

## é preciso nutrir

é preciso nutrir
o coração, o corpo, a mente.
quando se fala de amor,
isso também se sente.

o que é real ou fantasia,
ilusão ou alegria
— posso estar a me ludibriar
tudo em mim quer te acariciar

e à deriva ficam todos os meus pelos,
todos os poros da minha pele
— algum sinal? algum rumor? um ecoar?

lavo o rosto com chá de camomila
ou mergulho inteira numa infusão de hibisco?
vem me alimentar?

lambo os dedos com sabor de zaatar
e uso cheiro de moringa
— estímulos pra me fazer sentir o que há.

## me tira o ar

me tira o ar
me leva pra outro lugar
mais tranquilo, mais bonito
cheiro de orvalho, cheiro de mar

a coisa leve
o sorriso que sai e a gente nem percebe

e esse brilho que junto do meu vira um arco-íris
que atravessa nuvens, acalma tempestades,
anuncia cores, escancara energia e suavidade

te vejo-me
me vejo-te
te sinto-me
me sinto-te
me beijo-te
te beijo-me

## pororoca macaréu

viver sentindo
vim ver sentido
viver sem ti: dor

saudade no corpo
sede nos olhos
fome na alma

é latente
importante
insuficiente

é profundo
gigante
envolvente

e na beleza das tuas ideias
nas cores com que enxerga o mundo
na música dos teus olhos

nas ondas dos teus cabelos
nas palavras que envolvem cada centímetro da tua pele
eu padeço.

me afogo em coração
tropeço na razão
e antes de me achar,
eu me perco
me debato, me reconheço
descolonizo pensamentos
divido meu mundo,
me desnudo

quero conhecer tuas entranhas
explorar teus orgulhos e teus medos
provar do gosto de multiplicar nossas potências
viver pelo calor da tua língua e das pontas dos teus dedos

um encontro entre rio e mar
pororoca: estrondo, em tupi
macaréu: marés vivas, de influência lunar.

## o corpo fala

o corpo fala
mas nem sempre é ouvido
ele se expressa
e quantas vezes
é reprimido

se quiser, pede
se sentir, respeita
se cansar, avisa
se não curtir,
se despede e deixa.

mas, se deixar,
toca.
se olhar, saboreia
se ouvir, fecha os olhos
se desejar, beija.

se arrepiar, entrega
se molhar, chupa

onde houver pele: lambe
e se gemer, vai devagar.

há de se responder quando o corpo fala
pois não é de bom tom deixar alguém falando sozinho.

## laços

viva o emaranhado:
laços em festa.

## mise en place

no canto do quarto
na beira da cama
na chaise do sofá

ao acordar
na escada de serviço
no banheiro do amigo
na cozinha antes de jantar

na toalha de picnic
pós-festa
na canga
no cobertor

sozinha
acompanhada
em grupo
no elevador

meio da madrugada
no vestiário
mureta da varanda
vendo vizinhos ao lado

no banco de trás
sobre o capô
na caçamba a ver o céu estrelado

na rede
no tapete
olhando pro rio
beira da piscina

no banho
na poltrona
com amigos
dentro de uma gruta bonita

no alto de uma montanha
deitada dentro de um barco
fumaça da balada escura
no escritório fechado

na garagem
na despensa
na sala de cinema
em uma exposição
no assento do avião

dançando sem roupa
tentando escrever poesia
brincando de fotografia
falando com amigos
sobre o poder do tesão.

## not full moon

feeling invaded by your gentle pace
makes me feel woohh
but kinda unsafe

(what's surrendering if not a major vulnerability)

feeling you shivering when I slowly touch you
makes me feel thirsty

thank goddess
it's not full moon

yet

## que haja corpos que dançam

que haja corpos que dançam
conexões intensas aparentemente inexplicáveis

que haja calor, tremor,
uma pequena ansiedade

que haja sorrisos, amor,
troca, verdade

a beleza de ser quem se é
o desejo de expressar o querer
a alegria em realizar a descoberta do caminhar

— celebrar o afeto da entrega —

## li bi do

ela,
que se cria dentro da gente
se desenvolve em conjunto
se expande entre nós e muda nosso olhar sobre o mundo

ela,
força motriz da história
alimenta a vontade de fazer
dá ganas pra realizar e viver

li bi do
essa força que desafia inseguranças
há que usar com sabedoria
há de haver con-sentimento

li bi do
até de ouvir é bom: um perigo
contagiante, espalhada pelo ar

em demasia gera faíscas ao olhar
e pode levar à petite mort ao tocar.

## pe • num • bra

pe • num • bra
ponto de transição da sombra para a luz;
luz do amanhecer ou do entardecer;
anonimato.

per • fil
representação, visão de um dos lados;
retrato moral e físico de uma pessoa;
camadas.

à flor • da pele
quando as emoções superam a razão;
sensibilidade;
intensidade.

## apenas silêncio

num momento, do nada,
surge um vento,
uma revolução.

do nada, nada;

por dentro, muito rolava
por baixo de águas turvas ou claras
até a rebentação.

ouvir os sentimentos,
sentir os pensamentos,
colocar-se inteire nos momentos.

alcançar com o olhar,
abraçar com o sorriso;
tocar com as palavras;
transparecer os desejos:
ser o mais honeste possível.

e assim, plantar
e colher as intenções mais puras:

flores em todas as estações.
carinhos inesperados.
afetos com con-senso.

não há silêncio estranho:
apenas silêncio.

## cachoeira

olhares a menos de 10cm de distância
permitem ver o coração bater pelo vibrar das pálpebras
permitem perceber a pupila
— dilatada
conversas silenciosas
— está triste, saudosa, ausente, excitada

a respiração que se une;
inspirar e expirar rítmicos que denunciam desejos
o intercalar dos lábios
o dançar das línguas
o estalar dos beijos

o calor acompanha os dedos
que passam pelo rosto
despenteiam os cabelos
descem pela nuca
dedilham sobre os ombros
desenham pelas costas

e se dissolvem pelo quadril
beija meu pescoço

— beijo teu pescoço
explora minha boca
— que eu exploro a tua
vem por trás das coxas
— quem se aguenta
e ali naquele monte
— cachoeira

teu rosto no meu peito
me puxa pra mais perto
preparando uma invasão
— intersecção.

tentar abrir os olhos e não conseguir;
querer falar, mas ofegar;
contrações involuntárias
— entregar.

## profecia ou oração

eclipse;
luz e sombra
conexão, sobreposição — intersecção
alinhamento de corpos (também no céu).

intensidade;
confiança e entrega
intenção — vontade, profundidade
coragem pra mergulhar (também no mar).

poder;
beleza e influência
magnetismo — vibração — tensão
desejo de enlouquecer (e suspirar).

profecia ou oração
que seja incrível, que seja imensa
que seja de corpo inteiro
verdade e celebração.

### smells like you

yesterday smells like
your smile,
sunset
& camomile

## beleza e fome

o corpo fala
e se ele se arrepia
tá dizendo: "continua"

o corpo fala
e se quando eu sussurro você fecha os olhos
eu entendo: "tá gostando"

ver o dia amanhecendo
é toque macio sobre a pele
a dança das mãos e dos dedos
bocas incansáveis se percorrendo

há fome e beleza
em movimentos obscenos
há beleza e fome
em corpos se contorcendo.

## fais moi gémir pour toi

fais moi gémir pour toi
desde agora à noite,
até amanhã de manhã

fais moi gémir pour toi
durante a tarde,
no carro,
no chuveiro,
ao ler-te
ou ao ouvir-te falar

fais moi gémir pour toi
usa teu toque,
teu peso
e tua língua pra me explorar

fais moi gémir pour toi
e faz cada centímetro da minha pele
arrepiar

## sorriso

sorriso com a boca
sorriso com o corpo
sorriso com a voz
sorriso com o olhar

sorriso é espelho d'alma
reflete o que temos por dentro
ilumina o que temos por fora

é no sorriso que vemos se há ou não
profundidade suficiente pra poder mergulhar

sorriso é inundação
é arma na guerra
é aplauso no espetáculo
sobremesa no jantar

há muita gente que evita sorrir
a etiqueta diz pra controlar

loucos e apaixonados sorriem à toa
porque sim, é arriscado:
sorrir é se entregar.

## dança de roda

apreciar delicadezas
flanar pela noite sem chuva
respirar o olhar e a voz que sorriem

o frio cortante lá fora,
contrastando com o calor flamejante aqui dentro

primeiro penso: corre, peito. corre.
depois pondero: corre não; dança.

dança de roda,
fluida como a gente gosta
nem menos intensa, nem menos bonita
e muito diferente de uma corrida.

## assaggiare

das coisas mais gostosas de viver:
sentir meu cheiro
e meu gosto
na tua face,
nos teus pelos
e nos teus dedos;

sentir beijares com vontade
minha boca e meu corpo
molhados de você.

## além do sol

um bom dia sussurrado nos olhos
que sorriem junto ao canto da boca
pernas brincando entrelaçadas
dedos pelas costas e cabelos, devagar

e tudo aqui
ou será afetuoso
ou não será
ou será pra se afundar
no mar da delícia de estar presente no presente
ou não valerá
ou será pra deixar aquela saudade
que mexe com os 5 sentidos
ou não existirá

a beleza de ver a luz entrar pela janela lentamente
e saber que há algo além do sol a aquecer a gente.

## água

acordei pensando nas mordidas em teus lábios
e no cheiro do teu pescoço,
enquanto bagunçava teus cabelos.

na tua língua devagar
em cada centímetro de mim.

nos teus dedos sorrateiros
percorrendo lugares quentes,
me fazendo ecoar num lugar público.

do teu olhar carinhoso que me enxerga,
mas sedento que me tira a roupa
sem tocar.

acordei pensando nos punhos
que não me deixavas mexer
enquanto me contorcia na tua frente,
e na aflição de precisar gemer, mas querer te beijar.

ainda há marcas de você na minha cintura e,
ao caminhar, sou lembrada que, por algumas horas,
meu corpo pra você também foi lar.

e assim
acordo cachoeira,
passo o dia rio,
vou deitar tempestade.

## I dive into your eyes

I dive into your eyes
I close mine
and while we breathe into our lips
I know we smile

I let your arms and your smell cuddle all over me
I listen to your heartbeat
I feel the moves of your chest
I feel the wet, the hard, the heat

it's so easy to lose control in this desire that grows
each time we're going this way

it's so delicious to make you moan, to see you come
and find out how many types of sexy we can play

it's so tiring and energizing at the same time
to feel your touch your tongue your tactics
to make me urge for more and want you to stay

we're not afraid to ask for what we want
to talk about what we see
to express who we are
to feel free.

## neurotransmissores

meu corpo fica em estado de alerta
só de começar a pensar em você
a capacidade da minha caixa torácica
aumenta imediatamente,
seja fôlego pra resistir ou gemer

sendo mortal posto que é chama,
me arrepio instantaneamente ao lembrar do momento
em que o meu calor com o teu vai ter

e é incrível como sinto teu cheiro e teu toque
com o simples fechar de olhos:
é a memória dos teus beijos curiosos
e dos teus dedos que sabem dançar

então me faço estar contigo
da melhor maneira
que consigo,

permitindo que meus neurotransmissores
possam extravasar

ocitocina, serotonina,
dopamina e endorfina
bom dia

invasão, tremor,
erupção, inundação
boa noite

e reflito
que mau que devia ser naqueles tempos tão longínquos
onde a mulher era julgada
por ter prazer com as próprias mãos
com brinquedos e com amigxs.

## devorar

eu vou comer tua língua quando te encontrar
e chupar teus dedos antes que os desça pra usar
é favor me morder pra se defender e pra me atacar
e me olhar nos olhos enquanto eu te devorar devagar.

## pincel

adoro quando dedilhas minha pele
quando brincas e deslizas deixando rastros de arrepios

meu corpo
mesmo de olhos fechados
mesmo que de repente
mesmo em silêncio
reconhece quem és

teu toque sábio e suave
pinta melhor que qualquer pincel.

## vibes on play

lusty spice for the day
lusty spice for the night
keeps the doctor away
keeps good vibes on play
keeps the energy high

## risada

de outro dia:
— tava com saudade?
— sim
— de quê?
— da tua risada
:)

## barquinho

(*vídeo de um barquinho*)

acordo
vejo esse vídeo e penso
nessa água como minha pele
e você me deslizando

dou um jeito solo,
já que a única conchinha aqui agora é com minha cã

barquinho safado logo de manhã.

## suddenly out of nowhere

and out of nowhere
we've met through thin particles in the air
we've made it interesting throughout the days
we've foreseen a hint of what we were about to crave

and suddenly
we wanted to touch our bodies and smiles even more
we wanted to taste our different flavors and sensations
each time
we wanted to have fun together staring at the sky —
morning, afternoon and night

it's so beautiful and joyful to see
the vulnerability dance, as powerful as it can be.

## whispers

when my mouth is watering
when my eyes are craving
when I feel like touching
when my body is shivering
when my mind is going crazy

why leave it unsaid if we've got whispers to help?

## 5 sentidos

olfato
cheirar o arrepio da pele eriçada pela profusão
de palavras (in)adequadas nos ouvidos

tato
tocar o íntimo quando aproximando, tentando ver
e mostrar o que há junto do corpo físico

paladar
a língua percorrendo todas as palavras que o corpo
ora sussurra, ora grita,
sem deixar escapar uma gota do que ele diz

visão
enxergar a vibração de um gemido, ou mesmo de sons
não exatamente oralmente emitidos

audição
há coisas que ouvimos melhor de olhos fechados,

boca entreaberta, como um mergulho sem roupa
num lago quase escondido.

## olhar

"os olhos beijam muito antes que a boca"

li essa frase outro dia e pensei
em quantos beijos já dei
e recebi com o olhar
em quantas questões, amparo e prazer
já surgiram da força de se comunicar
sem mover o corpo, escrever ou falar

olhar com lágrimas
olhar com o sorrir
olhar depende de partilha:
mas depende também das almas
e do que elas tão prontas pra sentir

olhar profundo
olhar curioso

olhar de cobiça
olhar amoroso

olhar que diz bom dia
olhar que diz "vá"
olhar que atravessa a gente
olhar que procura nossa mão no caminhar

eu gosto do olhar cuidadoso
o olhar dos detalhes
das entrelinhas sem ser vulgar

o olhar que antecede o beijo,
já é beijar.

## passeio

gosto de observar teus olhos
à medida que passeio por ti

me aproximo, me fitas: pupilas
sussurro, arrepias: pálpebras num leve descansar
minhas mordidas, teus gemidos: corpo vibra

esfrego meu corpo inteiro no teu corpo inteiro
provamos um pedaço por vez

faz calor em tudo (aguaceiro)
faz um barulho absurdo (ofegante)

e então a brisa leve arrefece a pele
o céu laranja delineia nossa sombra
e reflete em nosso cabelo

gosto de observar os semblantes pós-passeio
estarmos satisfeitxs, mas querermos mais.

## respiração

me imagina te beijando
a gente colado
amo quando sinto tua mão pelo meu corpo
chupar tua língua e brincar

te olhar
teus dedos me sentindo rio abaixo
minhas pálpebras a pesar
fitar esses olhos claros

me escuta
sente minha boca quente
do teu pescoço à tua virilha

dedilha
do topo dos meus cabelos
até atrás dos meus joelhos

tateio
me sento e tapo tua fala
com meus lábios grandes e pequenos

explora meu pescoço, minha nuca
me prende
quero te sentir crescente e quente

respiração ofegante
prender a respiração
ficar sem respirar
voltar o ar devagar.

## Agradecimentos

À minha família.

A quem participou da construção deste livro em seu todo: presença, suporte, inspiração, arte e produção.

Ao Pedro Passari, que gerou a faísca e acompanha a chama das artes em mim, ao longo de nossas metamorfoses; à Babi Scheid, que foi a força motriz pra que esse livro saísse do mundo das ideias, organizando visualmente esse emaranhado de caracteres e imagens com muita sensibilidade; à Ane Martins, que tem a linda capacidade de enxergar e nomear o impalpável em escritos e criou a linha editorial desses meus textos — e que foi também quem primeiro me presenteou com livros de poesia. À Lana Ruff, que foi a força derradeira pra que eu deixasse o medo (não pra trás, mas de lado) e me jogasse na materialização dessas palavras.

Muito obrigada.

**Pati Nakamura** é nipo-luso-brasileira. Nascida em São Paulo, vive no Porto desde 2017.
Formada em publicidade pela ESPM-SP, em Portugal descobriu-se artista. É mãe de pet e gosta do "ter contigo" não só na expressão. Descobriu também que muito do que já foi preconceito, na verdade eram grandes paixões: poesia, sexo, partilhas. Anda ansiosa pelas descobertas que ainda vêm. *Apele à pele* é seu primeiro livro.

**PRIMEIRA EDIÇÃO**
VERÃO, BARREIRO
INVERNO, COTIA
MMXXIV